AF465044

LE POUR, ET LE CONTRE DU MARIAGE,

AVEC

La Critique du Sr. Boisleau.

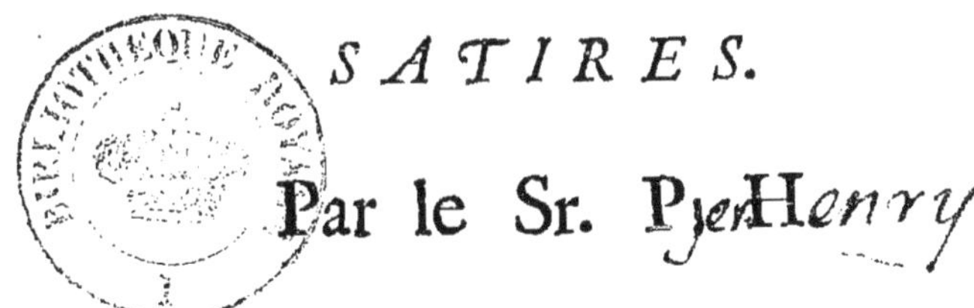

SATIRES.

Par le Sr. P Henry

A LILLE, Chez FRANÇOIS FIEVET, Imprimeur du Roy, à la Bible Royale, sur le Pont de Fin. 1694.

AVEC PERMISSION.

LE POUR, ET LE CONTRE DU MARIAGE,

AVEC

SATIRE.

AVEC PERMISSION.

PREFACE.

UN PRINCE, dont le merite égale la Naiſſance, me parlant de la dixiéme Satire du Sieur Deſpreaux, me pria ou plutôt me commanda d'y répondre. Quoy que je me ſois fait une loy de luy obeïr en toute choſe, je crûs d'abord que je pouvois me diſpenſer d'un commandement, dont l'execution paroiſſoit au-deſſus de mes forces. La reputation de cet Auteur répanduë par toute la France avec tant d'éclat, l'applaudiſſement univerſel qu'ont reçû ſes excellens ouvrages, l'honorable penſion que luy donne une Cour plus polie que celle d'Auguſte, l'ordre glorieux qu'il a d'écrire l'Hiſtoire du plus grand Roy de la Terre; un merite (dis-je) ſi generalement reconnu, joint à mon peu de ſuffiſance, vouloit abſolument que j'abandonnaſſe une entrepriſe, de laquelle ſelon toutes les apparences je ne ſortirois qu'à ma confuſion. Ce parti ſans doute étoit celuy que je devois ſuivre: Mais le bon plaiſir de mon jeune Seigneur l'emportant à la fin ſur ma raiſon, je m'embarquay malgré vent & marée. Je puis dire ſans vanité, que parmi les occupations continuelles que j'ay , je fus aſſés hûreux pour venir à bout de mon deſſein, plutôt que je ne l'avois eſperé. Je fis plus : pour montrer que le Mariage ſe décrie aſſés de luy-même, par le fiel & l'amertume dont il abonde ; ſans qu'il ſoit beſoin, pour l'enlaidir, de recourir à l'impoſture & à la médiſance ; je fis une peinture la plus naturelle qu'il me fut poſſible, des chagrins & des incommodités qui le traverſent. J'eſpere que les Dames ne verront pas de mauvais œil le tableau que je leur preſente des differens caractéres que je donne à pluſieurs de leur Sexe : Du moins ſi elles n'en ſont pas contentes, je me flatte qu'elles prendront de bonne part la juſtice que je leur rêns, dans l'Apologie que je leur offre du Mariage.

A l'égard du Sieur Deſpreaux, je crois qu'il n'aura pas ſujet de ſe plaindre des reproches que je luy fais, attendu que tout ce que je luy dis eſt tiré de ſes propres Ouvrages , & que je n'avance rien qui démente ſes veritables ſentimens. Je ſçay ce qu'il peut dire ſur certains cas dont je l'accuſe : mais je ſçay encor mieux ce que j'ay à luy repliquer, s'il veut bien ſe donner la peine de me répondre. Je l'attens de pié ferme, & bien loin d'apprehender une cenſure auſſi redoutable que la ſienne, je me feray un plaiſir & un honneur d'être mis au nombre de ceux qu'il critique. Toute la grace que je luy demande, eſt qu'il me faſſe une réponſe en forme, ſans en uſer avec moy comme avec tous les Auteurs qu'il a décriés. C'eſt un peu trop s'en faire accroire, & c'eſt jetter trop groſſierement la pouſſiere aux yeux du Lecteur, que de vouloir dans une accuſation auſſi vague que ridicule luy faire condamner un Poëte, ſans luy marquer preciſement le foible & le défaut de ſon Ouvrage.

EPIGRAMME.

BOiſleau *dit que ſon ſtile eſt né pour la Satire,*
Il en oſe aſsûrer le plus grand des Heros;
Inhabile à loüer, tres-habile à médire,
Il dit qu'il ſçait verſer l'amertume à grâns flôs:
Pour moy, je penſe qu'il veut rire,
Puis-qu'il ſe loüë à tout propos.

SATIRE CONTRE LE MARIAGE.

N'En doute pas, Lisis, la femme est incommode
A qui s'aime soy-même, à qui vit à sa mode :
Depuis le jour fatal qu'Hymen est son vainqueur,
Un devoir importun tyrannise son cœur,
Et veut qu'en bon mari, sur les pas de Socrate,
Il prefere Zantipe à l'objet qui le flate.
Toy, qui viens demander mon avis sur ce point,
Croy-moy, demeure libre, & ne t'engage point :
Assés de sots sans toy, charmés d'un beau visage,
Preferant au repos un brillant esclavage,
Se jettent dans les fers où l'Amour les conduit,
Et pleurent tous leurs jours les douceurs d'une nuit.
Les maux & les chagrins accablent l'Hymenée :
Il donne un rude branle à nôtre destinée ;
Il porte le dégoût jusqu'au sein du plaisir,
Et par la joüissance émoussant le desir,

Il éteint d'un beau feu l'aimable violence,
Et fait naître en un cœur la froide indifference.
Dans le bras de l'Amour souvent un jeune Epoux,
Aprés ses premiers feux, ne sent plus rien de doux;
A peine le Soleil, dans sa vaste carriere,
Aura fourni six fois sa brillante lumiere,
Que devenu semblable au coursier harassé
Il sera sur les dents, réveur, embarrassé;
Et trouvant dans l'excez de sa bonne fortune
De l'objet adoré la presence importune,
De son amour éteint pour rallumer les feux,
Il ira quelques jours vivre loin de ses yeux.
De soins assasinans un essain effroyable
Se cache soûs les fleurs d'un Hymen agreable,
La volupté les couvre avec un miel charmant,
Et prend dans ses paneaux un trop credule Amant.
D'abord ce n'est que jeu, que danse, que tendresse:
L'aveugle complaisance écarte la tristesse:
D'un bonheur apparent les attraits specieux
Du Galant qui s'engage éblouïssent les yeux:
A l'aspêt du plaisir son Ame extasiée,
De ses courtes douceurs bientôt rassasiée,
N'y trouve, n'y sent plus de piquant ni de sel,
Et tombe languissante en un dégoût mortel.
Sa maison tous les ans devenant plus nombreuse,
Il soûpire, il gemit soûs sa charge onereuse:

Plein

Plein d'un trouble funeste il songe à l'avenir,
Et frapé des malheurs qu'il regarde venir,
Cette jeune Beauté, dont il vantoit les charmes,
Devient le plus souvent l'instrument de ses larmes.
Celle, que j'adorois avant le Sacrement,
N'a plus les mêmes traits, ny le même agrément,
Qui servant d'aliment à mon ardeur naissante
Me la faisoit alors trouver toute charmante.
Tout est changé de face & pour elle & pour moy:
D'un sort tumultueux l'imperieuse loy
Fait naître sans relâche affaire sur affaire,
Et divertit le soin que l'on prenoit de plaire.
Un penible commerce agitant nos esprîs,
L'on ne songe plus guere aux ébats de Cypris:
Fatigué nuit & jour du tracas du Ménage,
LISIS, *je maudirois cent fois le Mariage,*
Si le Ciel détournant ses regârs amoureux
Donnoit à mes projets des succés moins hûreux.
Dure necessité! tyrannie inhumaine!
C'est à la Parque seule à rompre nôtre chaîne,
Quand les Cieux en courroux, pour punir nos pechés,
Nous tiennent malgré nous l'un à l'autre attachés.
La Femme à son Epoux, & l'Epoux à sa Fâme
Fait avaler le fiel & l'aigreur de son Ame,
Lorsque l'antipatie avec son air hydeux
Conjure la Nature à les perdre tous deux.

Entre ces malhûreux la discorde allumée
Leur fait boire à longs traits sa puante fumée,
Et ce poison mortel étoufant leur raison,
Un funeste desordre abîme leur maison.
Nuit & jour à grâns pas ils vont à la misere,
La nuit leur fait horreur, le jour les desespere,
Et la mort seule étant leur unique secours,
Le Ciel feroit pour eux s'il retranchoit leur cours.
Si les malheurs d'autruy peuvent te rendre sage,
LISIS, *fui cette Mer où chacun fait naufrage,*
Et pour t'en retirer, oy les cris éclatans
Que poussent dans les airs les Epoux mécontens.
Vivre avec un objet, dont le regard vous blesse,
Rencontrer en tout lieu les soins & la détresse,
Voir cinq ou six enfans prêts à mourir de faim
D'une dolente voix vous demander du pain,
Sans repos, sans espoir, sans aucune ressource,
Dans le sein du malheur fournir sa triste course:
Les destins peuvent-ils dans leur noire fureur
Répandre plus de maux & causer plus d'horreur?
C'est ce qu'on voit pourtant tous les jours dans le Monde:
L'Hymen est de regrets une source feconde;
Il en veut, cher LISIS, *à nôtre liberté,*
Et faisant à nos yeux briller la volupté,
Il attire, il engage, & dorant la pilule,
Il trompe le plus fin, comme le plus credule.

Suppose, si tu veux, pour te faire plaisir
Dans l'innocente ardeur qui flate ton desir,
Que le Ciel accordant à ta flamme discrete,
Ce qui ne fut jamais, une Femme parfaite,
Tu pourras voir l'Amour de mirtes couronné
Hautement applaudir à ton choix fortuné.
Malgré mille vertus, ornemens de son Ame,
Malgré ses doux attraits, beaux auteurs de ta flâme,
Le Sort, qui dans ses mains balance tous nos vœux,
Pourra bien, cher LISIS, *te rendre malhûreux.*
Une morne langueur flêtrit, séche, ravage
Les Roses & les Lis d'un aimable visage,
Et telle nous paroît un squelete odieux,
Dont les brillans appas enchantoient tous les yeux.
Du bonheur de ta vie une fiévre jalouse
Peut faire à petit feu mourir ta digne Epouse:
Le trépas, enlevant l'appuy de tes vieux ans,
Dans leur belle saison peut ravir tes enfans:
Tandis que la Fortune éleve la canaille,
Peut-être elle viendra te mettre sur la paille,
Et les aimables fruits de ta chere Moitié
Deviendront avec elle un sujet de pitié.
Soûs les coups accablans d'un destin si sevére,
Quel frein pourrois-tu mettre à ta douleur amére?
Quel cœur, mon cher LISIS *(fut-il de diamant)*
Ne seroit pas percé d'un si cruël tourment?

Abatu ſoûs le pois de ces triſtes deſaſtres,
Tu te plaindrois en vain de la rigueur des Aſtres,
Et dans un noir chagrin ton eſprit abîmé
Voudroit pour ſon repos n'avoir jamais aimé.
Qu'une Fille en la fleur de ſa belle jeuneſſe
Inſpire à tous les cœurs l'amour & la tendreſſe,
Que les graces par tout accompagnent ſes pas,
Et que les biens ſoient joints à ſes divins appas:
Avec tous ces moyens à captiver une Ame,
Il faut être bien ſot pour la prendre pour Fâme:
Pour Maîtreſſe, LISIS, *autant que tu voudras;*
Toute Femme eſt fâcheuſe & fait de l'embaras.
La Belle, *comme un Paon ravi de ſon plumage,*
Etale avec orgueil les fleurs de ſon viſage,
Et du fragile éclat d'une frêle beauté
Fait dépendre ſa gloire & ſa felicité.
C'eſt au bal, c'eſt au cours, & c'eſt même au ſaint Temple
Qu'elle va bien ſouvent afin qu'on la contemple:
D'un luxe ingenieux les brillans agrémens
Donnant un nouveau luſtre à ſes appas charmans,
D'une foule d'Amans tu la verras ſuivie,
Autant que dureront les beaux jours de ſa vie.
Encore ira-t-il bien, ſi quelque audacieux,
Charmé du vif éclat qui brille dans ſes yeux,
Aprés l'infame aveu du deſir qui le touche
Dans ſa coupable ardeur ne ſoüille pas ta couche.

La

La Riche *à son Mari parle d'un air hautain,*
Pretend avoir chez elle un pouvoir souverain,
Pour la moindre parole elle leve la crête,
Ses reproches hargneux excitent la tempête;
Et faisant nuit & jour éclater sa fierté
On achete assés cher le bien qu'elle a porté.
La Jeune *a cent défauts: est niaise, volage,*
Mal-propre à soûtenir le fardeau du Ménage,
Occupée à rien faire, inhabile au travail:
Aime ce qu'elle voit, des gans, un éventail,
Une coëffe à la mode, une étofe nouvelle,
Et son soin ne s'étend que sur la bagatelle.
La Noble *a l'Ame altiere, & son air glorieux*
Se soûtient par l'éclat de ses fameux Ayeux,
Leurs Lauriers appendus au Temple de Memoire
Sont les pompeux sujets qui font briller sa gloire.
Quoy-que son riche Epoux entrant dans sa maison
N'eût trouvé pour tout bien qu'un sterile écusson,
Que des titres usés, que de vieux caracteres,
Monumens seuls restés de ses illustres Peres,
Un invincible orgueil anime ses esprits,
Un rien émeut sa bile & la porte au mépris,
Et fiere des grans Noms, dont sa Race est ornée,
Elle blâme & maudit son indigne Hymenée.
Les biens du Financier, plus estimés que luy,
D'un luxe ruineux sont le croulant appuy,

Et d'un superbe train la dépense éclatante
Aujourd'huy mange un fonds & demain une rante.
La Jalouse, *écartant la concorde & la paix,*
Répand sur nos beaux jours des nuäges épais:
En vain pour dißiper son injuste pensée,
Et guerir les soupçons dont son Ame est blessée,
Le plus fidéle Epoux par des soins assidus
Fait voir qu'il n'aime pas les plaisirs défendus ;
Dans son esprit troublé passant pour adultere,
Son frenetique amour le tourmente & l'altere :
Aux yeux de tout le monde un insolent affront
Luy peint, comme à Lu..., la honte sur le front,
Son humeur noire excite un horrible vacarme,
Et sa maison n'est plus sans trouble & sans alarme.
La Devote *est toûjours avec son Directeur,*
L'Orgueilleuse *nous traite avec trop de hauteur,*
L'Avare *indignement regle nôtre dépense,*
La Vaine *aime l'éclat & la magnificence,*
La Sçavante *fait voir beaucoup d'entetement,*
La Stupide *rebute & l'Epoux & l'Amant,*
La Vieille *est à nos yeux un objet incommode,*
La Coquette *est galante & veut vivre à la mode,*
La Prude *nous reprend,* la Laide *nous fait peur,*
Et nulle Femme enfin merite nôtre cœur.
LISIS, *aprés cela, fais ce que bon te semble,*
L'Hymen & le repos n'étant pas bien ensemble,

Pour voir couler tes jours dans la tranquillité,
Garde, comme un tresor, ta chere liberté:
Ou si de ton IRIS *les invincibles charmes*
Obligent ta raison d'abandonner les armes,
Courant à la galere où la rame t'attend,
Resous-toy desormais à vivre mécontent.

L'APOLOGIE DU MARIAGE,

OU

Réponse à la Satire precedente.

EPITRE.

E lis, mon cher TIMANDRE, *avec un grand plaisir*
Les beaux vers que produit ton precieux loisir,
Lorsque sur le Parnasse, avecque MELPOMENE,
Tu vas te divertir aux bôrs de l'Hypocrene,

Tu ne reviens jamais de ce lieu ravissant,
Sans avoir des neuf Sœurs reçû quelque present:
La charmante URANIE, *exprimant le caprice*
D'un Berger amoureux de la jeune Artenice,
Te dicte de l'Amour les aimables leçons,
Et t'enleve les sens par ses tendres chansons.
La divine CLIO, *dans l'ardeur de son zèle,*
Repandant les douceurs de sa voix immortelle,
Te vante les Lauriers du plus puissant des Rois,
Et t'invite à chanter ses étonnans exploits.
Mais depuis quelques mois une aveugle manie
D'un si noble sujet détourne ton genie:
La Satire, qui brave un esprit orgueilleux,
A ton avide Muse ouvre un champ perilleux.
Quelque ardeur qui te porte à combatre le vice,
Sans le connoître à fond, n'entre point dans la lice:
Quand on veut attaquer un lâche, un glorieux,
Connoissant sa foiblesse, on le bat beaucoup mieux.
Que le flegme toûjours dominant sur ta bile
Tempere les aigreurs de ta verve indocile:
Que ta Muse sincere aime la verité,
Fais-la dans tes Ecrits briller de tout côté,
Et lors qu'on te demande un avis d'importance,
Avant que de l'ouvrir, mets-le dans la balance.
Non, je ne puis souffrir qu'un conseil imprudent
Fasse courre à Lisis un danger évident,

Et que

Et que de l'Hymenée une infidele image
Luy donne de l'horreur pour le ſaint Mariage.
Tu te trompes, TIMANDRE, *ou tu veux nous tromper,*
Quand par un faux portrait pretendant nous fraper,
Tu viens repreſenter, comme un monſtre terrible,
Un Dieu ſans qui le Monde eſt un cahos horrible.
Les deſordres cruëls, dont un vers impoſteur
Oſe faire l'Hymen l'impitoyable auteur,
Dans les fâcheux effets qu'ils cauſent dans leur courſe,
Ne tirent pas de luy leur dangereuſe ſource.
Ce que le Ciel produit de plus pernicieux,
Pour rendre deux Epoux l'un à l'autre odieux,
Ou vient du mauvais train que prenent leurs affaires,
Ou qu'étant compoſés d'humeurs toutes contraires,
Les Aſtres, condamnant leur funeſte union,
Semblent prendre plaiſir dans leur averſion.
Quand deux cœurs enflammés d'une ardeur mutuelle
Veulent bien être joints d'une chaîne éternelle,
Qu'un ſordide interêt n'eſt pas le fondement
De l'étroite union qu'on jure au Sacrement,
Et que Je-ne-ſçay-quoy, qu'on nomme Sympatie,
Par un charme inconnu rend leur Ame aſſortie;
Alors, mon cher TIMANDRE, *alors le Ciel benin,*
De l'affreuſe diſcorde écartant le venin,
Dans une paix charmante, au gré de leur envie,
Comble de ſes faveurs leur innocente vie.

Ce n'eſt donc pas l'Hymen qui cauſe les malheurs,
Les chagrins devorans, les horribles douleurs,
Dont tu nous a fait voir l'effroyable peinture :
Cette odieuſe image eſt pleine d'impoſture,
Et tout le monde ſçait qu'un choix malencontreux
Rend ſon aimable joug peſant & malhûreux.
Que je plains des Epoux la dure deſtinée,
Quand de ſe quereller l'envie infortunée,
Soûs un nuäge affreux cachant leurs plus beaux jours,
D'un torrent d'amertume inonde leurs amours !
Leurs cœurs envenimés, leurs Ames desünies
Se font naître à l'envi des peines infinies,
Et joindre des eſprits, qui s'accordent ſi peu,
C'eſt vouloir allier la neige avec le feu.
Je conviens avec toy, je dis que la Fortune,
Soûs les coups redoublés de ſa haine importune,
Peut faire ſuccomber l'inébranlable cœur
Des Epoux dont l'amour fut toûjours le vainqueur :
Que les triſtes effets de ſa noire colere
Peuvent bien alterer une amitié ſincere,
Et lorſque ſes fureurs bouleverſent nos vœux,
Qu'on n'aime pas ſi bien que dans un calme hûreux.
N'impute point ces maux au paiſible Hymenée,
Il ne preſide pas à nôtre Deſtinée,
Et quand un grand malheur nous preſſe & nous abat,
Il peut, comme l'Hymen, fraper le celibat.

C'est une verité plus claire que les Astres,
Quand un Epoux gemit sous le poîs des desastres,
Que sa fidéle Epouse, appuyant sa vertu,
Est un charme puissant à son cœur abatu.
Le celibat n'a point ce solide avantage,
Il faut bien qu'il possede un grand fonds de courage,
Pour pouvoir soûtenir tout seul & sans appuy,
Les cruautés du Sort déchainé contre luy.
Au reste en quelque Etat, conforme à ton envie,
Que tu puisses passer cette chetive vie,
Tu trouveras par tout, chez autruy, chez les tiens,
Et les biens dans les maux, & les maux dans les biens.
Ce mélange, TIMANDRE, *est pour nous necessaire,*
Un bien est sans appas quand il est ordinaire:
L'esprit habitué dans un même plaisir,
N'y rencontrant plus rien qui pique son desir,
Trouve un dégoût affreux au milieu des delices:
Tels sont du cœur humain les étranges caprices,
Pour savourer le bien, il doit goûter le mal.
Ne prêche pas aussi que l'Hymen est fatal
Aux charmantes douceurs que produit la franchise:
La vaine liberté, que ta Satire prise,
Montre d'un jeune cœur le foible & le défaut,
Et l'empêche souvent de vivre comme il faut.
Un esprit dereglé qui fuit le Mariage,
Qu'une trop libre humeur mene au libertinage,

Aimant mieux appaiſer ſa criminelle ardeur,
Que vivre ſoûs les loix de l'honnête pudeur,
S'embourbe dans le vice, & ſon panchant infame
Frape d'un mal honteux & ſon corps & ſon Ame.
La liberté, TIMANDRE, *eſt un don naturel,*
Mais l'uſage ſouvent en devient criminel;
C'eſt la ſeule vertu qui la rend eſtimable,
Et les aimables loix d'un Hymen honorable,
Bien loin de nous priver de ſes droits precieux,
Nous la font poſſeder au gré même des Cieux.

Quel étrange motif fait couler de ta plume
Sur un Etat ſi ſaint des ruiſſeaux d'amertume?
Quoy donc, ignores-tu que le Seigneur donna
Des marques de ſa gloire aux Nôces de Cana;
Que pour autoriſer les chaſtes Alliances
Les grâns Legiſlateurs firent mille Ordonnances;
Que l'on les vit priver & d'honneurs & d'emplois
Ceux qui ne vouloient pas ſe ſoûmettre à leurs lois;
Que le plus grand plaiſir, que l'homme a dans le Monde,
C'eſt dans le doux eſpoir d'une Race feconde,
En trompant du trépas le violent effort,
De vivre en ſes enfans encore aprés ſa mort?

En tout tems, en tout lieu, le charmant Hymenée
Fut de mille bienfaits la ſource fortunée:
Les premiers des Humains, ſoûs leurs ruſtiques toîs,
Charmés de ſes douceurs, reſpecterent ſes lois:

Ce fut

Ce fut par ses saints neuds, que tout le monde honore,
Qu'il peupla l'Univers du Couchant à l'Aurore:
C'est par luy que l'on voit les Triomphans BOURBONS
Sur le Trône des Lis affermir leurs grâns Noms,
Et que LOUIS *, nourry dans le sein des alarmes,*
D'une Auguste Princesse adorant les deux charmes,
Pour être son Epoux, cessant d'être vainqueur,
Luy soûmit son amour, son Empire, & son cœur.
Que l'Auteur du Lutrin*, de sa mordante plume*
Faisant sortir des flots de fiel & d'amertume,
Etale aux yeux d'Alcipe un rôle injurieux
De ce que le beau Sexe a de plus vicieux:
Des plus hûreux Epoux que sa Muse ennemie
Attache à leur amour la honte & l'infamie.
Que pour l'épouvanter par un exemple affreux,
Peignant d'un Magistrat le destin malhûreux,
Dans le criant excés d'une avarice infame,
Il fasse massacrer & l'Epoux & la Fâme.
Qu'un autre sur ses pas, dans un Ecrit malin,
Citant la Brinvillers*, alleguant* la Voisin*,*
Mette dans chaque Femme un panchant indontable
A rendre nôtre sort honteux ou miserable:
Que d'un charme funeste & d'un cruël poison
*Il arme sans sujet * l'Amante de* Jason*,*
Et que, pour châtier une indigne bassesse,
Il dégrade en ses vers une illustre Duchesse.

* Medée.

Que font contre l'Hymen ces accidens affreux,
Ou de quelques Laïs *les impudiques feux?*
L'ardent Pere du jour, dans son cours immuable,
Echause également le Juste & le coupable;
Les horribles Dragons, les aimables Faisans
Reçoivent chaque jour ses rayons bienfaisans:
Pour luire sur l'Aspic, pour éclairer le crime,
On ne luy doit pas moins de loüange & d'estime;
Et l'Hymen, pour avoir des monstres soûs ses Lois,
Doit-il moins être aimé des Peuples & des Rois?
D'ailleurs, si l'on vouloit rechercher dans l'Histoire
Les forfaits éclatans qui soüillent nôtre gloire,
Quelle peinture affreuse, aux yeux de l'Univers,
Feroit voir les horreurs de nos excés divers?
Mais de mille attentats nous épargnant la honte,
Avoüons qu'en douceur la Femme nous surmonte,
Et que, si l'Hymenée est fertile en dégoûs,
TIMANDRE, *ils sont bien plus pour elle que pour nous.*

Ne viens pas nous conter que ce Sexe incommode
Nous ôte le moyen de vivre à nôtre mode,
Cette foible raison cache un honteux venin,
Et ne montre que trop que l'homme est libertin.
Si la balance en main nous nous rendons justice,
La Femme, moins que l'homme, est adonnée au vice:
En vain nous l'accusons dans sa legereté
De n'aimer que le luxe & que la vanité:

Ses brillantes Vertus détruisent l'imposture
De cette extravagante & criminelle injure,
Et toy-même aujourd'huy, qui la méprises tant,
Sans ta chere CLORIS *tu serois mécontent.*

SATIRE
SUR LES DIFFERENTES FOLIES DES HOMMES,
Où la Critique du Sr. Boisleau est comprise.

Out le monde, LISIS, *jaloux de ses caprices,*
Adore ses erreurs, s'applaudit dans ses vices,
Et suit, sans consulter la raison ny la foy,
De ses vains prejugés l'extravagante loy.
Rempli d'un sot orgueil, l'homme le plus stupide
Croit avoir le bon sens pour lumiere & pour guide:
Un fat, un hebeté, content de son esprit,
Se plaît dans ce qu'il fait & soûtient ce qu'il dit.
Regarde ce Vieillard qui nuit & jour entasse,
Sans en avoir besoin, les tresors qu'il amasse;
Bien que l'affreuse mort le suive pas-à-pas,
L'or a toûjours pour luy d'invincibles appas;

Ce metal precieux eſt le Dieu qu'il adore,
Rien ne peut étancher la ſoif qui le devore,
Et ne ſe laſſant point d'épargner pour autruy
Perſonne à ſon avis n'eſt plus ſage que luy.
Voi ce jeune Prodigue: il croit que la dépénſe
Diſtingue le Marquis de l'homme ſans naiſſance:
Dans cette étrange erreur, dont il eſt prevenu,
Non content de manger un ample revenu,
Il ruïne, il détruit la maiſon de ſon pere,
Et s'achete à grâns frais la honte & la miſere.
Montre-luy, pour guerir ce deſordre fatal,
Qu'il va le grand chemin qui mene à l'Hòpital,
Et que, ſans être plaint de la moindre perſonne,
Il ſe verra reduit, comme PO..... *à l'aumône:*
Loin de prêter l'oreille à tes ſages avis,
D'un reproche inſolent tu les verras ſuivis,
Et te traitant de fat, de fourbe, d'hypocrite,
A ſon tour il voudra cenſurer ta conduite.
Certains Sots, raiſonnant ſur les évenemens,
Que Mars ou le hazard produit à tous momens,
Sur les illuſtres pas des plus grâns Politiques,
Reglent les interêts des Fortunes publiques,
Font vaincre ou ſuccomber les plus fiers Potentats,
Et decident du Sort des plus vaſtes Etats.
Artiſans, Laboureurs, Rentiers, Pedans, Notaires,
Aveugles la plûpart dans leurs propres affaires,

Pre-

Predisent le destin des Peuples & des Rois,
Reforment la police & redressent les Lois.
D'autres, en condamnant la conduite des hommes,
Se plaignent d'être nés dans le siecle où nous sommes,
Prêchent que du peché les malignes humeurs
Ont corrompu par tout l'innocence & les mœurs,
Et que tout l'Univers est un honteux theatre,
Où le vice adoré rend le monde idolâtre.
Des fautes du Prochain ces censeurs sourcillieux
Sur leurs propres défauts ne jettent pas les yeux:
Pour eux-mêmes toûjours enclins à l'indulgence,
La foiblesse d'autruy les choque & les offense:
Leur air mortifié, leur visage abatu,
Tout leur exterieur nous prêche la vertu:
Mais cet humble dehors, cette sainte apparence
Cache souvent un cœur tout bouffi d'arrogance,
Et pour te dire icy ma pensée en un mot,
L'ignorance ou l'orgueil suit souvent un Devot.
Pour arrêter nos yeux sur une autre peinture,
LISIS, *de ce Joüeur regardons la posture,*
Trois dés dans un cornet agités brusquement
Nous donneront bientôt du divertissement.
Faisons silence: il joüe.... Ah! qu'à sa contenance
L'on voit bien que le Sort trahit son esperance:
De transport furieux, coup sur coup agité,
Comme un demoniaque, il paroit tourmenté:

La pâleur ſur le front, le blaſphéme à la bouche,
Les cheveux heriſsés & le regard farouche,
Il crie, il jure, il tonne, il fremit de douleur,
Et ne peut nullement digerer ſon malheur.
Cette fougue paſſée, un demon qui le tente
Flate d'un grand bonheur ſon Ame mécontente,
Luy dit, pour adoucir l'aigreur de ſon ennuy,
Que la chance eſt volage & va tourner pour luy.
Dans l'incertain ſuccés de ces promeſſes foles,
Jettant ſur le tapis un reſte de piſtoles,
Il hazarde le tout, & du fatal cornet
Les trois dés en ſortant ne rapportent que ſêt.
A ce funeſte coup, vois-tu comme il s'oublie,
Et juſqu'à quel horreur il porte ſa folie?
Fuyons, mon cher LISIS*; j'apprehende que DIEU*
Ne lance ſon tonnere en ce funeſte lieu.
Allons plutôt oüir declamer au Parnaſſe
Le zelé Partiſan de Virgile & d'Horace,
Qui par des traits hardis, dans un diſcours malin,
Drape aux yeux d'Apollon l'Auteur du S. Paulin.
Toute la France a vû leur fameuſe querelle:
L'un toûjours tourmenté d'une bile cruëlle,
Faiſant à tout le monde un éclatant affront,
Du plus hûreux Epoux defigure le front,
Et couvrant tout Paris & de honte & de crime
Donne à tous ſes Enfans un ſang illegitime.

L'autre plus retenu dans ſes graves Ecrits
De l'Hymen outragé reprime le mépris,
Et dans un petit Livre, où tout eſt en Preface,
Accuſant ſon Rival d'impoſture & d'audace,
Vange le Sacrement, & tout le Genre humain
Des affronts que luy fait ce mordant Ecrivain.
En vain, pour rétablir la paix & l'harmonie,
On voudroit accorder leur different genie;
On auroit plutôt joint la Seine avec le Rhin
Que rëuni Perrault *& l'Auteur du* Lutrin.
Les beaux Eſprits entre eux ſont indiſciplinables:
L'ambitieux deſir de vaincre leurs ſemblables,
Excitant en leur cœur des mouvemens jalous,
Les fait extravaguer comme les autres Fous.
En effet, dans un temps que l'Europe animée
Arme contre les Lis ſa rage envenimée,
Que l'état deſolant, où le Ciel nous a mis,
Nous afflige bien plus que nos fiers Ennemis,
Faut-il voir un Cenſeur, trop enclin à médire,
Deshonorer l'Hymen dans une aigre Satire,
Et donnant au beau Sexe un panchant criminel
Attacher à ſon joug un opprobre éternel?
Quel Miſantrope affreux de ſa profane bouche,
Oſeroit, comme luy, diffamer nôtre couche,
Et nous faire élever avec des ſoins bien doux
De petits Heritiers qui ne ſont pas de nous?

C'est pousser *un peu loin, dans un discours frivole,*
Avecque Juvenal, la mordante hiperbole,
Et si ce fier Critique étoit moins effronté
Oseroit-il ainsi choquer l'honnêteté?
Mais (me dira quelqu'un) voyez ce que vous faites,
Vous attaquez icy le plus grand des Poëtes:
A vous dire le vray, vous êtes bien hardi
D'insulter un Auteur dont l'ouvrage applaudi
De tous les connoisseurs emporte le suffrage:
Qui se soûtient par tout, qui brille à chaque page:
Qui marchant sur les pas des Grecs & des Latins,
Renverse les Quinauts, *foule aux piés les* Cotins:
Qui tirant ce qu'il veut de sa docte cervelle
Fait pâlir le Jonas, *fait trembler* la Pucelle;
Qui, tandis que LOUIS des Peuples redouté
Va la foudre à la main rétablir l'équité,
Et retient les méchans par la peur des supplices,
Va la plume à la main gourmander tous les vices.
Et c'est par cet endroit que je l'estime moins:
Tous ces Auteurs flétris sont autant de témoins,
Qui prouvant son orgueil & son audace extréme
Decreditent l'encens qu'il se donne luy-même.
Luy, qui les traite tous de fats & d'ignorans,
Qui confondroit Phœbus, s'il entroit sur les rans,
Doit-il, aprés avoir vû condamner Timée
Dans sa Traduction par Dacier *reformée,*

S'égaler

S'égaler au Heros qui fait nôtre bonheur,
Et comparer sa plume à son foudre vangeur?
Le grand (dit cet Auteur) le rapide Alexandre
A mis en moins de temps toute l'Asie en cendre,
*Qu'*Isocrate *écrivant sur un sujet si beau*
N'a fait de ses Exploits le penible tableau.
Quelle comparaison (dit Longin *en colere)*
D'un arrangeur de mots au Vainqueur de la Terre?
Et ce Critique affreux, qui sçavoit ce défaut,
Y devoit-il tomber, en s'élevant si haut?
Ah! si sa Muse étoit modeste, bien sensée,
Voudroit-il mettre au jour cette vaine pensée,
Et s'admirant luy-seul, mêler à tout propos
Les loüanges d'un fat à celles d'un Heros?
Les plus nobles Auteurs & de Rome & d'Athenes,
A polir leurs Ecrits, se donnoient mille gênes:
De la Posterité craignant les jugemens,
Jamais un sot orgueil n'enfloit leurs sentimens:
On ne les voyoit pas se mettre en paralelle
Avec un Prince orné d'une gloire immortelle:
Le peignant Juste, Grand, Victorieux, Humain,
Le pinceau quelquefois leur tomboit de la main,
Et sans être éblouïs de leurs vives images,
Ce n'étoit qu'en tremblant, qu'ils montroient leurs ouvrages.
Le Chantre de Mantouë, à qui tout l'Univers
Eleva des autels pour ses precieux vers,

Ayant si bien chanté l'embrazement de Troye,
Bien loin d'en ressentir une secrete joye,
*Craignant pour l'*Eneïde *un jugement fatal,*
Vouloit que l'on brulât ce grand Original.
Cent autres, comme luy, dans leurs Chants Heroïques,
Des Censeurs éclairés redoutoient les critiques:
Despreaux, *au-dessus d'eux, exêmt de cette loy,*
*Seul exalte sa Muse, & l'*égale à son Roy.
Je n'aurois jamais fait, si tenant la balance
Je pesois de ses vers l'aigreur & l'insolence:
Luy, qui n'appelle rien si ce n'est par son nom,
Qui nomme un chat un chat, & Rolet un fripon,
Qui du nom des Auteurs, placés comme en leurs niches,
De ses vers médisans remplit les hemistiches,
Et qui va sans raison, d'un stile peu chrétien,
Faire insulte en rimant à qui ne luy dit rien:
Peut-il justifier cette énorme licence?
Quel sujet inconnu le gonfle d'arrogance?
Croit-il avoir luy seul l'oreille d'Apollon,
Et disposant de tout dans le sacré Vallon,
D'un laurier immortel se couronnant luy-même,
Y veut-il usurper l'autorité supréme?
Ce Misantrope altier a-t-il droit dans ses vers
De nous faire essuyer ses caprices divers?

Et Perrault *devoit-il, connoiſſant ſa folie,*
S'offenſer des vapeurs dont ſa tête eſt remplie?
Laiſſons-le cependant, d'un diſcours inſenſé
Publier dans Paris que tout eſt renverſé;
Que le vice orgueilleux y va la Mitre en tête;
Qu'Alexandre eſt un fou, que l'homme eſt une bête;
Que dans le beau moyen de médire avec art
Il faut avec reſpêt enfoncer le poignart;
Que *la Neveu* cent fois devant ſon Mariage
A dans un lieu public vendu ſon pucellage;
Et que tous ſes chagrins étant évanoüis,
Il fera grace au Siecle en faveur de LOUIS:
Laiſſons-le (dis-je) écrire, & s'en faiſant accroire,
Qu'il mette à tout blâmer ſon étude & ſa gloire:
Qu'il veüille, riche ou gueux, toûjours faire des vers,
Deût ſa Muſe par là choquer tout l'Univers,
Et pourſuivant un fat, comme un chien fait ſa proye,
Qu'en veritable chien, le ſentant, il l'aboye:
De ſon eſprit bourru la triſte auſterité
Tenant lieu d'un tourment qu'il a bien merité,
Sans nous embaraſſer de ſa miſantropie,
Continuons du Monde à peindre la folie,
Et pour connoître à fond ſon effroyable erreur,
Voyons juſques où va ſa brutale fureur.

Entre les Fous qu'on voit, de tout rang, de tout âge,
Les Duëllistes sont dans le plus haut étage:
Ces esprits enragés, qu'a suscités l'enfer,
Pour augmenter l'horreur de ce Siecle de fer,
Courrent, sans balancer, pour la moindre querelle,
Avecque leurs Seconds se casser la cervelle.
Cette horrible manie a bien versé du sang:
Les Comtes, les Marquis, les Gens du premier rang,
Pour l'amour de la gloire épris de cette envie,
Ont perdu sur le champ & la gloire & la vie.
Dans l'effroyable nuit qui leur couvroit les yeux,
La France a trop long-temps souffert ces furieux,
Lorsque du Point-d'honneur la fatale maxime
Sembloit autoriser leur audace & leur crime.
Mais le Ciel faisant grace en faveur de LOUIS,
Ces desordres cruëls sont tout évanoüis;
Et nos braves Guerriers, enfin devenus sages,
Remplissent l'Univers du bruit de leurs courages.
Rien ne peut attiédir leur illustre chaleur,
La Terre, l'Ocean, tout cede à leur valeur,
Et Bellone aujourd'huy soûs nôtre Grand Alcide,
Ne voit point de Soldat qui ne soit intrepide.
Que je sens de transports, quand j'ay devant les yeux
De ce fameux Vainqueur les lauriers precieux?
Dans l'ardeur de toucher la trompete ou la lyre,
Ma Muse toute en feu renonce à la Satire;

Mais

Mais Apollon, montrant les ſotiſes du tems,
Luy déſend de chanter ſes Exploits éclatans.

LA SUITE DE LA CRITIQUE DU Sr. BOISLEAU.

SATIRE.

MUſe, n'en doute pas : une illuſtre Victoire,
Dans ce duël fameux, fera briller ta gloire:
Le Critique, irrité de ton hardi deſſein,
Vomiſſant tout le fiel qu'il nourrit dans le ſein,
Dans l'ardeur de punir ta loüable arrogance,
Viendra faire éclater une horrible vengeance.
Que de brillans lauriers, que d'éloges divers,
Dans ce beau champ d'honneur, couronneront tes vers?
Cependant attachée au ſujet qui t'occupe,
Fais voir, juſqu'à preſent, que Paris fut la dupe
Des Libelles fameux, des Ecrits médiſans,
Qu'on luy vit admirer, en dépit du bon ſens.
Aux yeux de l'Univers, dans un diſcours ſolide,
Relance cet Auteur, de gloire trop avide:

Aprés avoir à tous voulu faire la loy,
Par un juste retour, fais-le trembler d'effroy.
Aujourd'huy vieux lion, *il n'est plus redoutable,*
Ses ongles émoussés *le rendent plus traitable,*
Sa fureur impuissante & son foible courroux,
Au prix de ce qu'il fut, n'a plus rien que de doux.
Languissant, abatu soûs le pôis des années,
Ses Muses, comme luy, froides & surannées,
En vain contre l'Hymen épuisant leurs effôrs,
Font voir un esprit foible en un plus foible côrs.
Mais c'est trop t'arrêter dans l'ardeur qui t'anime:
Montre à ce fier Censeur, trop plein de son estime,
Que marchant sur les pas des Grecs & des Romains,
Il ne faut pas, comme eux, insulter les humains:
Que les Chantres fameux & de Rome & d'Athenes,
Souvent dans leurs chansons, sont autant de Sirenes,
Dont la douce harmonie & les charmans accens,
Pour perdre les esprits, empoisonnent les sens.
Imitons de leurs vers la force & l'elegance,
Mais n'allons pas, comme eux, tout noirs de médisance,
Exerçant la fureur d'un sauvage mâtin,
Aboyer le Jonas, *ny déchirer* Cotin.

Que *Juvenal*, nourri dans les cris de l'Ecole,
Pousse jusqu'à l'excés la mordante hyperbole;
Qu'*Horace* se joüant des Peletiers Romains,
Jette *sans nul égard* le sel à pleines mains:

Ces Auteurs, dont les noms ſont encor ſi celebres,
D'un culte criminel adorant les tenebres,
D'un Siecle corrompu flatoient les ſentimens,
Et peignoient dans leurs vers leurs honteux mouvemens.
Dans les tems malhûreux, qu'une aveugle licence
Outrageoit la Vertu, confondoit l'Innocence;
Que le vice adoré des Peuples, des Ceſars,
Voyoit le Monde entier ſuivre ſes étendars:
Faut-il nous étonner des vilaines images,
Dont les plus beaux Eſprits ſaliſſoient leurs Ouvrages,
Des tableaux diſſolus, des portraits ſcandaleux,
Dont encor aujourd'huy nous rougiſſons pour eux?
Mais nous, qui ſommes nés dans le Chriſtianiſme,
Qui connoiſſons à fonds l'horreur du Paganiſme,
Sans être mis au rang des prevaricateurs,
Pouvons-nous imiter ces dangereux Auteurs,
Et traitant de fripons Rolet & Raumaville,
Par nos traits médiſans ſcandalizer la Ville?
Quoy? pour d'un Sot parfait montrer l'original,
Nôtre plume d'abord ira trouver Sofal?
Pour flater un Prelat dans ſa vaine entrepriſe,
Dirons-nous que plaider eſt l'eſprit de l'Egliſe,
Que cette Sainte Mere autoriſant ces Lois,
Il doit tout abîmer, pour ſoûtenir ſes droîs?
Des Benedictions raillant le ſaint uſage,
A ce même Prelat, pour fomenter ſa rage,

Dans la ſubite horreur d'un tumulte naiſſant,
Les ferons-nous répandre & par vingt & par cent?
Sur tout, le gras Evrard, d'abſtinence incapable,
Ne ſongeant nuit & jour qu'aux plaiſirs de la table,
Etudiant la Bible, autant que l'Alcoran,
Sçachant ce qu'un Fermier lui doit rendre par an,
Sur quelle vigne à Rheims il a bonne hipoteque,
Dira-t-il que vingt muids ſont ſa Biblioteque?
Un Chanoine ira-t-il, au Chapitre aſſemblé,
Découvrir le panchant de ſon cœur dereglé,
Et luy-même étalant ſa propre turpitude,
Faire une vanité d'une lâche habitude?
C'eſt outrager les Loix, c'eſt choquer le bon ſens,
Que de produire au jour ces diſcours inſolens.
Si, pour bien imiter Juvenal, Perſe, Horace,
Il faut que la licence anime nôtre audace,
Avoüons que Boiſſeau, *copiant leurs Ecris,*
Sur leurs imitateurs a remporté le prix,
Et que jamais Poëte, en ſes libres caprices,
N'a ſuivi, mieux que luy, leurs défauts & leurs vices.
Je compterois plutôt le ſable que la Mer
Rechaſſe ſur ſes bôrs avec ſon flot amer,
Quand le fier Aquilon, de ſa bruyante haleine,
Fait de tous les côtés gemir l'humide Plaine,
Que je pourrois marquer les traits injurieux,
Les diſcours indecens, les tableaux odieux,

Dont

Dont ce trop libre Auteur, ſans honte & ſans ſcrupule,
A bien oſé remplir ſon Lutrin *ridicule.*
Cependant Philoſophe à la raiſon ſoûmis,
Ses défauts (nous dit-il) ſont ſes ſeuls ennemis;
C'eſt le vice qu'il fuit, c'eſt la vertu qu'il aime;
Il ſonge à ſe connoître, & ſe cherche en ſoy-même,
Et ſes vers épurés aux rayons du bon ſens
Détrompent les eſprits des erreurs de leur tems.
Dans cette belle ardeur, dont ſon Ame eſt épriſe,
Il nous fait un crayon des abus de l'Egliſe;
*A l'exemple d'*Horace, *aimant la verité,*
Des Moines, des Prelats il peint l'oiſiveté;
La Diſcorde en ſes vers, toute noire de crimes,
Quitte les Cordeliers, pour aller aux Minimes,
Va faire ſoûtenir un ſiege aux Auguſtins,
Et diviſe à ſon gré Carmes & Celeſtins.
Lucien *autrefois, ſur un ton ſi coupable,*
A raillé les faux Dieux & le DIEU veritable:
Juvenal, *crayonnant dans ſes libres humeurs*
Des plus nobles Romains la croyance & les mœurs,
A du ſombre Cocyte & de ſes noirs rivages
Détruit, aneanti les terribles images.
D'autres encore ont dit que la cruëlle mort
Triomphe de tout l'homme & termine ſon ſort;

Que tous ces vieux propos de demons & de flammes
Sont bons pour étonner les enfans & les femmes,
Et qu'aprés le trépas le Juste & le méchant
Retombe pour jamais dans le triste neant.
Boisleau, plus simple qu'eux, & que l'enfer étonne,
Qui croit l'Ame immortelle, & que c'est DIEU qui tonne,
S'il n'a pas dans ses Vers ces sentimens payens,
Du moins il en fait voir qui ne sont pas Chrétiens.
Cependant les beautés, dont brillent ses ouvrages,
Du Peuple & de la Cour emportent les suffrages:
La docte Academie, admirant ses beaux vers,
L'accable de Lauriers & d'éloges divers,
*Croit voir revivre en luy l'Auteur de l'*Iliade;
Ce que les autres font est rebutant & fade,
Son tour est naturel, son stile est sans égal,
*Il joint le sel d'*Horace *au fiel de* Juvenal:
Et dans ce tems fecond en Hectors, *en* Achilles,
Le Monde voit en luy renaître les Virgiles.
Le Siecle de LOUIS, *dont un noble pinceau*
A fait avec tant d'art le merveilleux Tableau,
Aprés tout, ne vaut pas la Satire profane,
Qui met par cent endroits l'homme au-dessous de l'âne,
Et qui faisant toûjours radoter la raison
Le dépeint à nos yeux plus bête qu'un Oyson.

Saint Paulin, *ce Poëme, où d'un cœur charitable*
L'on voit si bien tracé le zèle inimitable,
Gît avec le Jonas *dans un honteux oubli;*
Tandis que le Lutrin *altier, enorgueilli*
De se voir admiré du Bourgeois & du Prince,
Et plus cher à la Cour encor qu'à la Province,
Autant que Rabelais, *en tous lieux exalté,*
Pense déja toucher à l'Immortalité.
Plein de mille beaux traits, l'admirable Genie,
La precieuse Idile *offerte à* Quintynie,
D'autres pieces encor, où toûjours la Vertu
Triomphe de l'erreur & du vice abâtu,
*N'ont rien de comparable aux vers, où l'*Hymenée
Voit sa sainte Union fletrie & condamnée.
Desires-tu sçavoir par quel charme puissant
Ce fortuné Critique est toûjours florissant:
Pourquoy le Dieu des vers, par un hûreux caprice,
Faisant de ses Ecrits prosperer la malice,
Veut que ce Satirique aille au gré de ses voeux
Faire siffler *Cotin* chés nos derniers néveux?
C'est qu'à ses yeux le Vray paroissant seul aimable,
Il le produit par tout, & même dans la Fable:
Qu'en ses œuvres le Vray, du mensonge vainqueur,
Par tout se montre aux yeux & va saisir le cœur:
Que le bien & le mal y sont prisés au juste:

Que jamais un faquin n'y tînt un rang auguſte,
Et que ſon cœur toûjours conduiſant ſon eſprit
Ne dit rien aux Lecteurs, qu'à ſoy-même il
n'ait dit.
Sa penſée au grand jour par tout s'offre &
s'expoſe,
Et ſon vers, bien ou mal, dit toûjours quelque
choſe.

De tes propres Ecrits vanteur perpetuel,
Dis plûtôt que du Vray l'air ſimple, & naturel
Ne fut jamais aimé de ta verve indiſcrete:
Que ton eſprit brûlant d'une ardeur inquiete,
Sur cent nobles Rivaux pour remporter le prix,
Fit éclater ſur eux un inſolent mépris:
Que ta Muſe encor jeune, inconnuë à la France,
Pour ſe produire au jour, s'arma de médiſance:
Que courant à l'honneur par un honteux ſentier,
Tu fus toûjours mordant, vindicatif, altier:
Que dans le vain deſir d'éblouïr le vulgaire,
Ton ſtile envenimé trouva l'art de luy plaire:
Et que, dans ton parti pour mettre le rieur,
Pour plaire au Courtiſan goguenard & railleur,
Mêlant à ton aigreur la fine calomnie,
Tu ſçûs piquer ſon goût & flâter ſon genie.

FIN.

31

www.ingramcontent.com/pod-product-compliance
Ingram Content Group UK Ltd.
Pitfield, Milton Keynes, MK11 3LW, UK
UKHW020951220726
13924UKWH00002B/633

9 782019 929589